CONTENTS

KAPITEL 6 »Was vor 20 Jahren geschah«   003

KAPITEL 7 »Bestrafung«   041

KAPITEL 8 »Klassenfahrt«   079

KAPITEL 9 »Mutterseelenallein«   119

KAPITEL 10 »Überwachung«   137

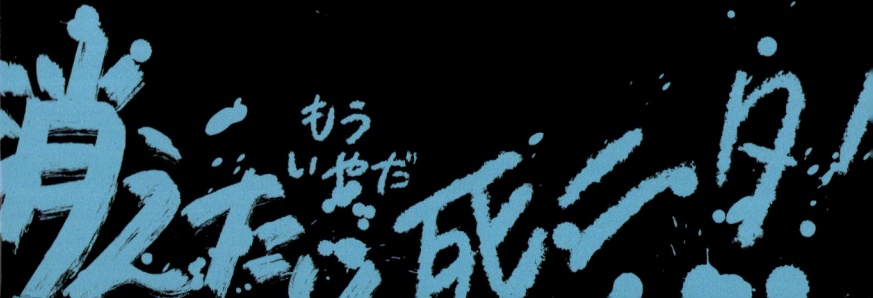

Dieser Manga enhält Elemente, die triggern können. Diese sind Mobbing und emotionaler Missbrauch. Wenn ihr selbst betroffen, oder Zeuge von Mobbing seid, sucht euch Hilfe. Ihr seid nicht allein. „Sei stark – hol dir Rat!"- Hotline - 428 15 3200 Hilfe bei Cybermobbing - www.juuuport.de

KAPITEL 6
»WAS VOR 20 JAHREN GESCHAH«

DANN WURDE DAS KLASSEN-TREFFEN IN WAHRHEIT...

... VON YUICHI ORGANIESIERT?

...

SHINJI?

... KRASSER ZUFALL, ODER?

DASS WIR UNS HIER ÜBER DEN WEG LAUFEN...

RUF MICH NIE WIEDER AN!

SORRY, RYOKO.

ICH RUF DICH ZURÜCK.

NEIN...

... DEN ER AM MEISTEN HASST.

DU BIST SCHLIESSLICH DERJENIGE...

...

TUUT TUUT TUUT

MEHR WILL ICH NICHT DAMIT ZU TUN HABEN.

SORRY.

ICH HAB GETAN, WAS ER WOLLTE, UND DAS KLASSENTREFFEN ORGANISIERT.

HAB SIE BEIM KLASSEN-TREFFEN GESEHEN.

HAT SICH KEIN STÜCK VERÄNDERT, ODER?

SORRY, ICH HAB KURZ MIT-GEHÖRT.

WAR DAS RYO-KO?

OH, ACH SO!

YUICHI...

...

HAST DU ZEIT, SHINJI?

HÄT-TEST DU LUST...

... AUF EINEN SCHNELLEN KAFFEE?

ER HAT NICHT EIN DETAIL VERGESSEN.

HÄTTE GAR NICHT DAMIT GERECHNET, DASS SO VIELE AUFTAUCHEN.

EIN KLASSENTREFFEN WECKT ERINNERUNGEN, WAS?

ICH BIN FROH, DASS ICH HINGEGANGEN BIN.

YUICHI.

ACH SO, UND...

... DEN ER AM MEISTEN HASST!!

DU BIST SCHLIESSLICH DERJENIGE...

WOHL KAUM, UM ÜBER FRÜHERE ZEITEN ZU PLAUDERN, ODER?

ZU WELCHEM ZWECK HAST DU...

... DAS TREFFEN AUF DIE BEINE GESTELLT?

WAR DAS WIRKLICH ZUFALL?

... WIR UNS HEUTE BEGEGNET SIND...

TONK

UND DASS...

NOPE. DAS WAR KEIN ZUFALL.

...

ICH HAB VOR DER FILIALE GEWARTET, BIS DU RAUSKOMMST.

YUICHIII!!

ICH HAB HERAUSGEFUNDEN...

... DASS DU BEI DER SANMARU BANK ARBEITEST.

10

KATANK

WIE LANGE WILLST DU NOCH WEGEN FRÜHER RUMHEU...?

KANNST DU DIR SONST WO HIN-STECKEN!

DU BIST GANZ SCHÖN ARROGANT GEWORDEN.

ECHT JETZT?

YUICHI.

SCHAUDER

DER SPINNT JA...

DZTT

IN ZEHN JAHREN IST DIE BESTIMMT VERSCHWUN- DEN.

WIRD DIE NARBE VERHEI- LEN?

KEINE AHNUNG.

Ha ha ha!

...

GRPP

HEY, YUICHI...

OH...

WIR SCHLIESSEN GLEICH.

VERZEI- HUNG.

PATT

HA-HA...

S... SORRY.

Hah!

ENT-SCHUL-DIGE.

Hah!

DER HAT SICH JA DOCH KEIN STÜCK WEITER-ENTWICKELT.

HA-HA-HA!

DER IST SO WAS VON IN DER 10. KLASSE HÄNGEN GEBLIEBEN.

UND SEIN ANZUG ERST...

NEE, BEI MEINER ARBEIT BRAUCH ICH KEINE.

HAST DU 'NE KARTE?

HAT ER DEN GEBRAUCHT GEKAUFT, FÜR 'NEN HUNNI?

WAS?

WELCHEN JOB HAST DU EIGENTLICH?

EINE ANSTÄNDIGE ARBEIT HAT ER JA WOHL NICHT.

DER BRAUCHT KEINE VISITENKARTE?

Hmf!

HAT ER NUR 'NEN NEBENJOB, ODER WAS?

HEY, YUICHI...

ガ゛シ゛ッ゛
PA TT

... WENN DU DAMALS IN DER ZEHNTEN EINFACH GESTORBEN WÄRST?

WÄR'S NICHT BESSER GEWESEN ...

SCHEISS AUF DAS MOBBING!

MIT DEN GANZEN ALTLASTEN VON FRÜHER?

MACHT DEIN LEBEN DENN SPASS?

DAS HAT SICH VOR 20 JAHREN ERLEDIGT, MANN!

SHINJI.

MIT DEINER FINSTEREN ART HAST DU JA GERADEZU DARUM GEBETTELT GEMOBBT ZU WER...

ICH SAG'S AUCH GERN NOCH MAL...

WENN JEMAND, DEN DU ÜBER ALLES LIEBST, GEMOBBT WÜRDE...

... WÜRDEST DU DAS DANN AUCH SAGEN?

LEUTE, DIE GE-MOBBT WERDEN...

... SIND SOZIALE AUSSENSEITER, DIE NICHT MIT IHREM UMFELD KLARKOMMEN.

DASS DIE PERSON...

... SELBST SCHULD DARAN IST?

ES IST SPÄT. ICH HAU AB.

ALS OB ICH SO JEMAND ERBÄRMLI-CHES...

... LIEBEN KÖNNTE.

... ER-
LEDIGT,
MANN!

P!PP
BIEP

DAS
HAT SICH
VOR...

P!PP
BIEP

... 20
JAHREN
ERLE-
DIGT,
MANN!

P!PP
BIEP

... VOR 20
JAHREN
ERLEDIGT?

HAT SICH
DAS...

DAS KOMMT AUCH IN DEN PRÜFUNGEN OFT DRAN.

IM VERGLEICH ZU ANDEREN FÄCHERN KÖNNT IHR HIER LEICHT PUNKTE HOLEN.

ALSO LERNT DAS LIEBER.

VOR EINEM HALBEN JAHR GING EIN VIDEO VIRAL, DAS ZEIGTE...

AN DER SCHULE, WO ER DA= VOR UNTER= RICHTET HAT...

...

... DASS ES AN DER SCHULE EIN GROSSES MOB= BINGPROBLEM GAB.

... DASS ER AM EIGENEN LEIB MOBBING ERLEBT HAT.

HERR AIZAWA HAT MIR OFFENBART...

HAT ER VIELLEICHT AUCH...

... AN DER VORHERIGEN SCHULE MOBBING BEFEUERT?

KÖNNTE ER DAFÜR GESORGT HABEN, DASS ICH GEMOBBT WERDE?

WILL ER SEINEN SCHÜLERN DAS GLEICHE ANTUN, UM SICH FÜR DAMALS ZU RÄCHEN?

10-E

UND HAT ER MIR DIESES VIDEO GESCHICKT?

BESTIMMT MACHE ICH MIR NUR ZU VIELE GEDANKEN, ODER?

GUT, SCHLUSS FÜR HEUTE.

Naturwissenschaften 3

DIE KLASSENFAHRT...

... IN ZWEI TAGEN DIE KLASSENFAHRT.

WIE IHR WISST, STARTET...

... SCHLAGT BITTE TROTZDEM NICHT ÜBER DIE STRÄNGE.

EURE LETZTE VERSCHNAUFPAUSE VOR DEN PRÜFUNGEN, ABER...

JAUCH?

JAUCH?

SHIORI...

...

SHIO...

WUSSTE-
ICH-DOCH,
DASS SIE
AUSGE-
GRENZT
WIRD...

...WARUM SIE SIE BEVOR-ZUGEN?

GIBT ES EINEN BESTIMM-TEN GRUND...

...

WAR GESTERN ALLES IN ORDNUNG?

ゲ
SWUSCH

28

S...SORRY, MANAKA!

Ha-ha!

DU BIST SO ÜBERSTÜRZT NACH HAUSE GEGANGEN.

ICH WAR NUR EIN BISSCHEN DURCHEINAN-DER.

A...ALS OB!

MUS-STEST DU SO DRINGEND AUFS KLO?

...

... MIT DIESEM MOBBING-VORFALL UNTERRICH-TET HAT.

ALS DU MIR SAGTEST, DASS HERR AIZAWA DIE KLASSE...

ACH DAS...

DAS OPFER IN DEM VIDEO...

WEISST DU, WAS MIT IHM DANACH PASSIERT IST?

GUTE FRAGE.

ALS KLASSEN-LEHRER VON DAMALS...

... WEISS HERR AIZAWA SICHER AM BESTEN, WAS PASSIERT IST.

NEIN, ALLES GUT.

WOLLTEST DU NOCH MAL ZURÜCK?

OH, SORRY.

JA, STIMMT.

... WIRD ER DAS NICHT EINFACH SO AUSPLAUDERN.

ABER SO VERSCHWIEGEN WIE ER IST...

EHRLICH GESAGT...

Ha-ha!

HAST DU NOCH ETWAS ZEIT?

ZU ZWEIT AUF DEM GANG...

... ALLEIN IM KLASSENZIMMER.

ICH BIN NICHT GERN...

DIE BEIDEN LAS-SEN ES ECHT RAUSHÄNGEN, WAS?

...

YUMI.

SHIORI!

...

WIR HABEN LANG NICHT ZU ZWEIT GERE...

SHIORI.

DANKE FÜR DEINE NACHRICHT!

HAB MICH MEGA GEFREUT!

ICH GLAUBE, REINA WILL WAS VON IHM.

...

ALS SIE GESEHEN HAT, WIE IHR EUCH UNTERHALTEN HABT, WAR SIE TOTAL ANGE-PISST.

ICH AN DEINER STELLE...

... WÜRDE MICH VON MANAKA FERNHAL-TEN.

ICH HAB DICH VOR-GEWARNT.

ABER ...

DAVON WUSS-TE ICH NICHTS!

JETZT WEISST DU'S.

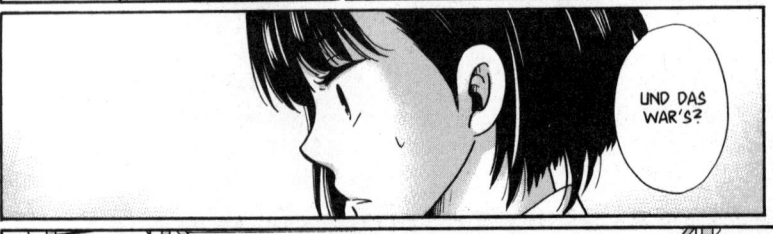

UND DAS WAR'S?

SIND WIR DENN...

... KEINE FREUN-DINNEN MEHR?

... UND PLÄNE GESCHMIE-DET, WAS WIR IN DER FREIEN ZEIT MACHEN...

WIR HABEN UNS AUF DIE KLASSENFAHRT GEFREUT...

BIS VOR KURZEM HABEN WIR MITEINANDER GEREDET.

HÖR MAL...

WEISST DU EIGENTLICH, WIE ICHBEZOGEN DU BIST, SHIORI?

MEGA-NERVIG EIN-FACH!

UND MEIN HEFT LEIHST DU DIR AUS, ALS WÄR'S SELBSTVER-STÄNDLICH.

WENN ICH AM BÜFFELN BIN, KOMMST DU ZU MIR UND BELÄSTIGST MICH MIT DEN AUFGABEN, DIE DU NICHT GEBACKEN KRIEGST.

Hah!

TAT DAS
GUUUT!

Hah!

MAN KANN SEINEN FRUST NICHT IMMER NUR RUNTER-SCHLUCKEN, ODER?

Ha, ha ha!

HM? ACH, ICH HAB NUR GERADE SHIORI WEGGE-KICKT.

SK.RA.SCHHH

GRPP

DAS KLINGT SCHMERZ- HAFT.

KAPITEL 7
»BESTRAFUNG«

... IST DER GRUND, WARUM SIE DEINE SPORTSACHEN IN DEN MÜLL GEWORFEN HABEN.

DEINE SELBSTSÜCHTIGE ART...

YUMI...

WIEDER DAAA!

...

ICH HABE GERADE EINEN ANRUF BEKOM- MEN, SHIORI.

WAS?

MUM...

EINEN ANRUF?

ETWA VON DER SCHULE?

VON DER NACHHILFE-SCHULE.

DER LEHRER SAGTE, BEIM LETZTEN TEST...

... HAST DU NOCH SCHLECHTER ABGESCHNIT-TEN ALS SONST.

WIR HABEN DICH EXTRA IN DIE SON-DERKLASSE GESTECKT.

DEIN DAD WIRD AUCH ENT-TÄUSCHT SEIN.

WENN DU SO WEITER-MACHST, WIRD DAS MIT DEINER WUNSCHUNI NICHTS MEHR, ODER?

VON DER NACHHILFE...?

...

44

ACH, ENTSCHULDIGE BITTE!

ABER KEINE SORGE!

ICH HOLE ALLES AUF, UND DANN...

LASS SIE DOCH AUSFALLEN.

Ha-ha!

ICH HAB NUR EIN BISSCHEN GESCHWÄCHELT.

DU HAST DOCH SICHER WICHTIGERES ZU TUN, ODER?

DEIN VATER WIRD DAS AUCH SO SEHEN.

...

ABER... MUM...

ICH MEINE DIE KLASSENFAHRT ÜBERMORGEN.

ICH SAGE DER SCHULE, DASS DU NICHT MITFAHREN WIRST...

SHIORI?!

Hah!

Hah!

BATAMM

ICH WAR NOCH NICHT FERTIG!

NEIN! ER IST AUF GESCHÄFTSREISE UND HAT VIEL ZU TUN.

ICH WILL IHN NICHT STÖREN.

DAD...

Dad

mobil

080-XXX-000

DAD...

... AUF MEINER SEITE IST...

ICH WILL WENIGS— TENS, DASS DAD...

HÄ, HÄ, HÄ! ♪

NAGUMO.

48

FASS BITTE NICHT ALLES AN, JA?

OKAAAY!

IHR PLAN NEULICH HAT SUPER FUNKTIONIERT.

...

GLAUBEN SIE, DASS SHIORI HEUTE ZUR SCHULE KOMMT?

HERR AIZAWA!

Vorbereitungsraum Naturwissenschaften

WER WEISS.

GRINS

GRINS

MIT IHNEN KANN ICH ÜBER ALLES REDEN!

JAPP!

DU REDEST GERNE, ODER?

...

... DASS SIE AUF UNSE-RER SEITE SIND!

VOR ALLEM SEIT ICH WEISS...

ICH DACHTE ECHT, SIE WÜRDEN MIR DIE LEVITEN LESEN.

JA. DAS WAR, ALS SIE MICH DABEI ER-WISCHT HABEN, WIE ICH MÜLL IN SHIORIS SCHUBLADE AM TISCH GE-STOPFT HABE ...

DAS IST EINEN MONAT HER, ODER?

HERR AIZAWA!

SIE HABEN EINFACH WEG-GESCHAUT!

ICH WAR BAFF, DASS SIE SICH AUF UNSERE SEITE GESTELLT HABEN.

ALS LEHRER SOLLTEN SIE IHRE SCHÜLER EIGENTLICH BE-SCHÜTZEN.

DAS GLAU- BE ICH KAUM.

ICH HALTE MICH NUR AUS EUREN ZANKEREI- EN RAUS.

ES MACHT IHNEN DOCH GENAUSO SPASS...

... SHIORI ZU MOB- BEN!

ICH HAB DICH NIE GE- FRAGT, WARUM DU SHIORI SO SEHR HASST.

...

Ha- ha!

IHR GESICHT SPRICHT BÄNDE.

53

IST IRGEND-
WAS PASSIERT
ZWISCHEN
EUCH?

SHIORI IST
GEKOM-
MEN.

と
BIEP!

HALLO?

...

JA. BIN
SCHON
DA.

SIE HAT
REINA UND
DIE ANDE-
REN WOHL
GEBETEN,
SICH HINTER
DER SCHULE
MIT IHR ZU
TREFFEN.

KÖNNTE
LUSTIG
WERDEN.
KOMMEN
SIE MIT?

FEIX
ニコッ

KOMM ENDLICH ZUR SACHE!

ICH HAB MORGENS KEINEN NERV!

UND? WORUM GEHT'S?

ES TUT MIR LEID.

WEISST DU EIGENTLICH, WIE ICHBEZOGEN DU BIST, SHIORI?

... ICH MEINE BESTE FREUNDIN VERLETZT HABE.

ICH HABE GAR NICHT GEMERKT, WIE SEHR ...

ICH...

... LIGT BESTIMMT AN MEINEM EIGE-NEN VERHALTEN. SO VIEL WEISS ICH JETZT.

...

DASS IN DER KLASSE NIE-MAND ETWAS MIT MIR ZU TUN HABEN WILL...

... TUT'S MIR ECHT LEID!

WENN IHR EUCH WEGEN MIR SCHLECHT FÜHLT...

SHIORI...

HMM...

ICH WEISS NICHT, OB ICH DIR DAS GLAUBEN SOLL.

WOLLTEST DU MIR DAMIT EINS AUSWI-SCHEN?

UND WAS IST MIT MA-NAKA?

NEIN, AUF KEINEN FALL!

57

GUT GEMACHT!

パチ KLATSCH

パチ KLATSCH

パチ KLATSCH

WIR WAREN SCHON LANGE BESORGT...

WIR HABEN UNS GEFRAGT, WAS WIR TUN SOLLEN, WENN DU NICHT IRGEND- WANN DEINE FEHLER SELBST EINSIEHST.

パチ KLATSCH

パチ KLATSCH

パチ KLATSCH

BETRACHTE ES ALS CHANCE!

WARUM ÄNDERST DU DICH NICHT AB HEUTE?

Hah!

Hah!

WAS...?

WIE WÄRE ES ALS ERSTER SCHRITT...

UND KNIE DICH HIN...

... WENN DU ZEHN DINGE AUFZÄHLST...

... WENN DU DICH ENTSCHULDIGST!

... DIE DEINER MEINUNG NACH NICHT MIT DIR STIMMEN?

Aha-ha-ha!

DASS ICH WAS VON DEM JUNGEN WILL, DEN MEINE FREUNDIN TOLL FINDET!

DASS ICH WAS VON DEM JUNGEN WILL...

MEINE EIGENNÜTZIGE ART...

SIE WIRD DENKEN, DASS SIE SELBST AN ALLEM SCHULD IST.

NIEMAND STEHT MEHR FÜR SIE EIN...

SIE PREDIGEN ES IHR SO LANGE VOR, BIS SIE ES GLAUBT.

SIEH NUR, SHINJI...

WAS WILLST DU TRIN-KEN?

OH, DAS GELD KRIEGST DU NATÜRLICH NACHHER ZURÜCK.

DEN NEHME ICH AUCH!

E...EINEN ORANGEN-SAFT...

ACH, NOCH WAS...

TAPP

DENK NICHT MAL DARAN, DAMIT ZU HERRN AIZAWA ZU GEHEN! DAS WIRD NÄM-LICH NICHTS NÜTZEN...

DENN DER IST AUF UNSERER SEITE.

ICH WUSSTE, DASS ER DA MIT DRINSTECKT!

HI, SHIORI.

SSST

SHIORI.

SIE SAGTE, DU KOMMST MORGEN NICHT ZUR KLASSEN-FAHRT MIT?

DEINE MUTTER HAT AN-GERUFEN.

WIE KÖNNEN SIE SO TUN, ALS WÄRE ALLES OKAY?

GEHT'S DIR NICHT GUT?

NAGU-MO HAT MIR ALLES ERZÄHLT.

ICH WEISS, DASS SIE AUF DEREN SEITE STEHEN.

OBWOHL SIE LÄNGST WISSEN, DASS ICH VON DE-NEN GEMOBBT WERDE.

SHIORI...

WEIL SIE SICH FÜR FRÜ-HER RÄCHEN WOLLEN, ALS SIE GEMOBBT WURDEN?!

ODER HELFEN SIE SOGAR MIT?

68

IRGEND-
WIE MUSS
ICH DAMIT
KLARKOM-
MEN, AUCH
WENN ES
WEHTUT.

ABER...

ICH BIN
BESTIMMT
NICHT GANZ
UNSCHULDIG
AN MEINER
SITUATION.

SEIEN SIE
WENIGSTENS
SO NETT UND
BEHALTEN SIE
DIESES VIDEO
FÜR SICH!

DAS
VIDEO,
HM...?

TAPP

DANK IHR MUSS ICH MORGEN...

ICH MUSS MUM DANKEN.

... NICHT ZUR KLASSEN-FAHRT MIT.

ICH WÜRDE DAS NICHT AUSHAL-TEN...

... ZWEI NÄCHTE UND DREI TAGE MIT DENEN VERBRINGEN ZU MÜSSEN.

SHIORI.

DAD...

ACH SO...

チュン TSCHILP

チュン TSCHILP

ICH BIN SEIT GESTERN NACHT ZURÜCK.

ICH HAB GEHÖRT, DASS DEINE MUM WOLLTE, DASS DU...

... ZU HAUSE BLEIBST UND LERNST, STATT AUF KLASSEN-FAHRT ZU GEHEN?

MACH DIR KEINE SORGEN...

ICH HAB SIE UMGESTIMMT!

WAS...?

IN DER MITTELSTUFE GIBT'S JA NUR DIE EINE KLASSENFAHRT.

ABER ICH...

ICH HAB SCHON DER SCHULE BESCHEID GEGEBEN.

WÄR DOCH SCHLIMM, WENN DU NICHT MITKÖNNTEST.

ICH WEISS NOCH, WIE VIEL SPASS ICH DAMALS HATTE.

SMILE

WENN DU AUS KYOTO ZURÜCK-KOMMST...

... MUSST DU MIR UNBEDINGT ERZÄHLEN, WIE ES WAR!

DAD, ICH...

ALLES KLAR!

ICH GEHE GLEICH LOS.

ICH WILL DOCH GAR NICHT MIT-FAHREN...

OH! HALLO?

JA. DAN-KE FÜR NEULICH!

LEUTE!

SETZT EUCH AUF EURE PLÄTZE!

GRÖL

GRÖL

D...DANKE.

WILLST DU EINS, YUMI?

LÄRM

LÄRM

JA!

ICH FREU MICH SCHON TOTAL AUF KYOTO!

UND ICH MICH ERST!

GESTERN ABEND HAT MIR DAS JEMAND GESCHICKT, DER MIR NICHT FOLGT.

ALLE VORFREU- DE MAL AUSSEN VOR...

EINE SACHE GIBT MIR EIN WENIG ZU DEN- KEN...

SIEH AN. SIE IST DOCH DABEI.

...

HAAAH!

DAS IST DOCH...

... SHIORI, ODER?

HAAAH!

ICH WAR AUCH TOTAL GESCHOCKT.

ICH FRAGE MICH, WAS MIT IHR PAS- SIERT...

... WENN DAS ERST MAL DIE RUNDE MACHT!

REVENGE
BULLY

VERGESST NICHT, DASS IN DEM WAGEN NOCH ANDERE FAHRGÄSTE MITFAHREN.

ICH MÖCH-TE, DASS IHR EUCH BENEHMT, KLAR?

Tokyo

LINS

...

... WENN DAS ERST MAL DIE RUNDE MACHT!

ICH FRAGE MICH, WAS MIT IHR PASSIERT...

KAPITEL 8
»KLASSENFAHRT«

HERR AIZAWA.

KLAR DOCH.

HABEN SIE KURZ ZEIT?

SIE HABEN SICH FÜR DEN APPELL VOR DEM SCHLAFENGEHEN EINGETRAGEN, ODER?

UND DARÜBER HINAUS AUCH FÜR DREI STUNDEN NACHTDIENST.

IST DAS EIN PROBLEM?

ICH HÄTTE SIE EHER SO EINGESCHÄTZT, DASS SIE SICH UM DERLEI PFLICHTEN DRÜCKEN...

WIESO ÜBERNEHMEN SIE DIESMAL FREIWILLIG SO VIELE DAVON?

9 A = | B

NA JA, ICH...

... HATTE GEHOFFT, DAMIT ALLES WETTZUMACHEN, WAS ICH BISHER VERSÄUMT HABE.

ICH MÖCHTE NUR, DASS MEINE SCHÜLER EINE GUTE ZEIT HABEN.

DAFÜR BRINGE ICH DOCH GERNE VOLLEN EINSATZ.

WIR FANGEN IN NARA AN, ODER?

...

HA HA HA

GENAU. WIR GEHEN ZU DEM PARK MIT DEN REHEN UND BESUCHEN EIN PAAR TEMPEL.

BOAH, DIE TEMPEL KÖNNEN MIR ECHT GESTOHLEN BLEIBEN!

Echt jetzt?

...

DAS HAT ONLINE NUR ZWEI STERNE!

KANNST DU LAUT SAGEN!

UND WIR PENNEN IN VOLL DEM SCHÄBIGEN HOTEL, ODER?

WENN REINA UND DIE ANDEREN DAVON ERFAHREN, DANN...

SIE HAT DAS VIDEO NOCH NICHT ERWÄHNT...

ACH SO, LEUTE! SCHAUT EUCH MAL NOCH DIESES ULKIGE VIDEO AN!

BITTE NICHT!

HÄ? WELCHES VIDEO?

WILL SIE DAS JETZT ZEIGEN?!

WENN SICH DAS VERBREITET, WIRD SHIORI...

ÄH...

TU'S NICHT...

ÄH, SEKUNDE.

GEHT DAS AUCH EIN BISSCHEN LEISER?!

DIE WERDEN JE NACH SITUATION AUCH BESCHLAGNAHMT. NUR DAMIT IHR BESCHEID WISST.

UND NOCH MAL ZUM MITSCHREIBEN: HANDYS SIND AUF DER KLASSENFAHRT VERBOTEN.

KANEDA, DER VERTRAUENSLEHRER!

SEID MAL LEISER!

LING
ちら

DANKE FÜR DIE HILFE, HERR AIZAWA!

BEI KANEDA WÄR ICH MEIN HANDY JETZT LOS GEWESEN...

FUCK!

NAGUMO...

KOMMST DU MAL KURZ MIT?

MUSS MICH IRGENDWIE DURCHBEISSEN...

... KRIEGE ICH DIE ZWEI NÄCHTE UND DREI TAGE SCHON RUM.

WENN ICH MICH, SO GUT ES GEHT, VON DEN ANDEREN FERNHALTE...

KOMM SCHON! DAS PACKST DU!

WORÜBER WOLLTEST DU REDEN?

... WAS DU VORHIN IM BUS GESAGT HAST.

DIE STIMME KENNE ICH DOCH!

ALSO, ES GEHT UM DAS...

88

DAS VIDEO VON SHIORI, WIE SIE IM KRAN-KENZIMMER SCHLÄFT...

DAS WURDE DIR GESTERN ZUGESCHICKT, ODER?

WAS...?

HAST DU EINE VER-MUTUNG...

... WER DIR DAS GESCHICKT HABEN KÖNNTE?

NEIN.

DANN HAT SHIORI NEBEN REINA UND DEN MÄDELS...

... ALSO NOCH MEHR FEINDE?

ABER DIE PERSON WAR IM KRANKENZIMMER, ALSO VIELLEICHT JEMAND VON DER SCHULE...

DIESES VIDEO!

BITTE ZEIG ES NICHT DEN ANDEREN!

ICH GEH ZURÜCK!

AH, WARTE!

D...DU HAST DOCH SELBST GESAGT, DASS ES EUCH NICHT DARUM GEHT, SHIORI ZU MOBBEN...

... UND DASS IHR SIE NUR ZUR EINSICHT BRINGEN WOLLT, ODER?

WENN DAS VIDEO DIE RUNDE MACHT, IST SHIORI AM ENDE!

ICH HAB'S JA KAPIERT!

SCHLIMMSTENFALLS KÖNNTE SIE SICH UMBRINGEN...

ECHT?!

ICH LÖSCHE DAS VIDEO!

AUF JEDEN FALL...

KLAR – DAS WÄR DOCH GRAUSAM.

スッ…
FWPP

ワイ
GRÖL

ワイ
GRÖL

ばりばり
KNUSPER
KNUSPER

SMILE
ニコ゛

DANKE
FÜR VOR-
HIN!

HERR
AIZAWAAA!

ALS MEIN HANDY FAST BESCHLAGNAHMT WORDEN WÄRE!

VORHIN?

JA! FÜR DAS ZEICHEN!

DASS SHIORI DOCH NOCH...

... MIT AUF KLASSENFAHRT FÄHRT.

ICH WAR ECHT BAFF.

WISSEN SIE...

HM?

ICH AUCH.

... WARUM DAS REH NICHT BEIM REST DER HERDE IST?

KLICK

SIE ALS NATUR-WISSEN-SCHAFT-LER...

... KENNEN SICH MIT TIEREN AUS!

VER-MUTLICH WEIL ES EIN REH-BOCK IST.

Oh!

MÄNNLICHE REHE SIND OFT EINZEL-GÄNGER.

WEIBCHEN AGIEREN DA-GEGEN IN DER GRUPPE.

UND ICH DACHTE SCHON...

... DAS REH WIRD VOM REST GEMOBBT, WEIL ES SO ABARTIG STINKT!

OFFENBAR KOMMT ES AUCH IM TIERREICH ZU MOBBING.

AM SCHLUSS ÜBERLEBEN NUR DIE STÄRKSTEN.

OFT IST ES VON VORTEIL, SCHWACHE MITGLIEDER IM RUDEL ZU BEHALTEN.

MANCHE TIERE SCHWÄCHEN ABSICHTLICH IHRE ARTGENOSSEN...

... UM SIE RÄUBERN ZUM FRASS VORZUWERFEN.

SO STEIGT DIE ÜBERLEBENSCHANCE DES RUDELS.

ANDERE SCHWÄCHEN, HM?

OKAY! ES WIRD HÖCHSTE ZEIT...

... DASS WIR SHIORI ZURÜCK INS RUDEL HOLEN!

LAUT NAGUMO HAT SIE DAS VIDEO GESTERN ZUGESCHICKT BEKOMMEN.

SIE HAT ES WOHL NICHT AUFGENOMMEN... WAR ES DANN VIELLEICHT DOCH HERR AIZAWA?

ICH MUSS DAVON AUS— GEHEN, DASS DIESES VIDEO IMMER NOCH EXISTIERT.

WAS SOLL ICH NUR TUN?

ICH LÖSCHE DAS VIDEO!

GRRP

ICH TRAUE KEINEM EINZIGEN WORT MEHR, DAS IHREN MUND VERLÄSST!

DANN LIEBEN WIR ALSO BEIDE TIERE, WAS?

AH...

A—H—H

WAS, WIRKLICH?!

WIE SOLL ICH DAMIT UMGEHEN?

MANAKA...

WUPP ぴたっ

SAG MAL...

WEISST DU, WIE SHIORI WIRKLICH TICKT?

ICH WILL SCHON SO LANGE MIT DIR BEFREUNDET SEIN, MANAKA.

DAS HOTEL IST BESSER ALS BEFÜRCHTET, ODER?

ACH JA?

AUF DIE ZIMMER IM JAPAN-STIL BIN ICH NICHT SO SCHARF...

Hotel Frisch

OH... NEIN!

ALLES GUT!

STIMMT WAS NICHT, NAGUMO?

WO VERSTECKST DU DICH, SHIORI?

SO MACHT DAS GAR KEINEN SPASS...

ÄH...

URGH, WIE LANGWEILIG!

WAS WILLST DU VON UNS?

WAS DENN?

...

ICH BIN NUR SO ALLEIN.

SHIORI...

ICH DACHTE, WENN'S EUCH NICHTS AUS-MACHT, KÖNNTE ICH MICH EUCH VIELLEICHT AN-SCHLIESSEN...

DU BIST JEDERZEIT WILLKOM-MEN!

DANKE...

KOMM, SETZ DICH ZU UNS!

WARTE KURZ...

...

FWPP

WIR HABEN DICH NOCH GAR NICHT IN UNSEREN GRUPPENCHAT EINGELADEN, ODER?

N... NEIN...

OKAY...

S... SORRY.

Ha ha!

ENTSPANN DICH MAL! ICH LADE DICH SCHON EIN!

ZUCK

OH, STIMMT!

HEY, IST NICHT BALD BADEZEIT?

DAS WIRD TOLL!

EIN-LADUNG IST RAUS.

AH, TUT DAS GUUUT!

enbad

... ALS SIE SO NEUGIERIG AUF MEIN HANDY GESTARRT HAT...

VORHIN...

MEIN HANDY IST WEG!

WEIL SIE DAS VIDEO LÖSCHEN WILL?

DENKT SIE, ICH HÄTTE ES AUFGENOMMEN?!

SIE HAT SICH MEIN MUSTER ZUM ENTSPERREN...

MUSTER EINGEBEN

... GEMERKT!

FUCK!

FUCK!
FUCK!
FUCK!

OKAY...

BIEP

JETZT MUSS ICH NUR NOCH DAS VIDEO LÖSCHEN.

AH, DA IST ES!

2. JUN

DAS...

WO...

WO, HAT SIE ES GESPEICHERT?!

DER 2. JUNI IST DER TAG...

... AN DEM ICH TATSÄCHLICH IM KRANKENZIMMER WAR!

2. JUNI

HÄ?

SIE HAT MICH AN DEM TAG GEFILMT...

... UND MIR DAS VIDEO GESCHICKT.

10-E Suzuki

NAGUMO SAGTE, IRGENDJEMAND HÄTTE IHR GESTERN DAS VIDEO GESCHICKT...

DAS HAT SIE SICH NUR AUSGEDACHT.

...

BIEP

DAS VIDEO
MÜSSTE JETZT
KOMPLETT
GELÖSCHT
SEIN.

ICH VERSUCHE
EINFACH ZU
SCHLAFEN UND
MIR KEINE
GEDANKEN ZU
MACHEN...

KLACK

303

TAPP
...

DAS
WIRD ECHT
PEINLICH,
MIT YUMI
AUF EINEM
ZIMMER.

AB INS BETT,
DANN IST DER
ERSTE TAG
ÜBERSTANDEN.

ABER SAG MAL...

WO IST DENN MEIN HANDY AB-GEBLIEBEN?

WAS HAST DU DIE LETZTEN ZWEI STUNDEN GETRIEBEN?

LÜG MICH NICHT AN!

WOHER SOLL ICH DAS WIS-SEN?

ICH DACHTE, DU WÜR-DEST DICH ÄNDERN.

DU ENT-TÄUSCHST MICH, SHIORI.

ACH...

ICH WEISS, DASS ICH NICHT GANZ UNSCHULDIG WAR AN ALL-DEM...

...

ス…
TAPP

ABER DASS IHR MICH SO BEHANDELT, DAS HABE ICH NICHT VERDIENT!!!

WER HAT DIR ERLAUBT, FRECH ZU WERDEN?

POCK POCK

ZEIT FÜR DEN APPELL VOR DEM SCHLA- FENGEHEN.

バチィィン
WATSCHHH

ガ・チャ
KLACK

WARTE, NAGUMO!

ICH WUSSTE NICHT, DASS WIR DURCH-ZÄHLEN!

SHIT, DAS IST AIZAWA!

SWUSCH

HIER IST ALLES IN BESTER ORDNUNG.

BATAMM

HÄ? WARUM HAT ER NICHT GEMECKERT, DASS WIR IM FALSCHEN ZIMMER SIND?

SIEHT GANZ SO AUS.

WEIL ER AUF UNSERER SEITE IST.

... UNSER LEHRER HAT DEINE BESTRA- FUNG QUASI AB- GESEGNET!

MIT ANDEREN WORTEN...

ALSO DANN...

NEIN!

WAS HAT ER...?

FANGEN WIR AN!

REVENGE
BULLY

SPLASCHHHHHH

ABER WIR BEKOMMEN DICH SCHON SAUBER!

... IST SCHON SAUPRAK-TISCH, ODER, SHIORI?

SO EINE DUSCHE AUF DEM ZIMMER...

OH? WOLLTEST DU ETWA, DASS ICH DICH WASCHE?

Ahahahaha!

WIE GESAGT...

... DASS DU DICH IN DIESER SITUATION BEFINDEST...

... IST ALLEIN DEINE SCHULD, SHIORI.

ゴシ KRSCH
ゴシ KRSCH

シャァァァッ
FSCHHH

HÖRT AUF!

NICHT!

キュッ
ZIT

ODER DEINE MITGLIEDER AUS DER BASKET-BALL-AG.

DESWE-GEN NIMMT DICH IN DER KLASSE AUCH NIEMAND IN SCHUTZ.

WO IST MEIN HANDY?

NOCH MAL...

Hah!

Hah!

DU STELLST DICH ALSO WEITERHIN DUMM?

...

FSCHHHHHHH!!

AAAAAHH!!

SPUCK'S ENDLICH AUS!

REINA, DREH DIE TEMPERATUR HOCH!

OKAY!

BESTE
FREUNDIN?

Hah!

Hah!

...

ICH HABE DICH
GEWARNT,
ZU DEINEM
EIGENEN
SCHUTZ.

WENN
DAS SO
WÄRE...

GRIP
GRPP

... WARUM
SAGST DU
DANN NICHT,
DASS ICH
NICHTS DAMIT
ZU TUN
HABE?!

ICH HAB SOGAR
NAGUMO GEBE-
TEN, DAS VIDEO
NICHT ZU VER-
BREITEN. ALLES
FÜR DICH!

GENAU! SO EINE BIST DU NÄMLICH!

UND WAS MACHST DU?

STATT MIR ZU DANKEN, VERSUCHST DU, MICH MIT RUNTERZU-ZIEHEN.

MUSS ICH MIR DAS WIRK-LICH GEBEN? MUSS ICH DAS ERTRAGEN?

BEIM LERNEN NUTZT DU MICH AUCH STÄNDIG AUS, SO WIE ES DIR IN DEN KRAM PASST...

SO BE-TRACHTE ICH DAS JETZT...

SHIORI IST SELBST SCHULD.

NEIN, MUSS ICH NICHT!

IRGENDWANN MUSSTE ES SO KOMMEN.

DU HAST NIEMANDEN MEHR.

HAST DU GE-HÖRT?

DAS WASSER LÄSST SICH BIS AUF 60 GRAD ERHITZEN. WUSSTEST DU DAS?

UND ÜBRI-GENS...

... KÖNNTEST DU LANGSAM ECHT MEIN HANDY RAUS-RÜCKEN.

NA BITTE!

ICH GEHE ES HOLEN.

BEIM NOT-AUSGANG IM VIERTEN STOCK...

BEIM...

DU BIST DIE BESTE!

GRINS

DU HAST VOR-HIN GE-SAGT...

... DASS DU DAS NICHT VERDIENT HÄTTEST, ODER?

DAS SEHE ICH ANDERS.

VERSTEHST DU?

...

OB SICH DAS VIDEO NUN VERBREITET ODER NICHT... DU BIST UND BLEIBST UNVERBESSER-LICH, SHIORI!

Haha!

WO IST DENN DEINE GUTE LAUNE ABGEBLIE-BEN?

JA...

ANTWORTE MIR!!

Ha-ha!

E...EHER NICHT...

KNACK

OH! DANKE FÜRS HOLEN!

Hah!

Hah!

FIN-DEST DU, SIE ZEIGT SICH REU-MÜTIG?

YUMI...

WAS DEIN HANDY AN– GEHT...

WAS...?! FUCK!

DA TUT SICH GAR NICHTS MEHR.

BOAH, ECHT?!

NEIN...

DAS WAR ICH NICHT...

MÄDELS!

WAS ZUM TEUFEL TREIBT IHR DADRIN?!

LÜG MICH NICHT A...

TOCK TOCK

EURE NACHBARN HABEN SICH BESCHWERT!

カチャッ
KLACK

SHIT, WAS MACHEN WIR MIT SHIORI?

WIE SOLLEN WIR DAS ERKLÄREN?

シャァァァ
ャァァッ
グッシャァ

...

DAS SIND KANEDA UND FRAU YAZAKI.

WIR HABEN UNS EINE KLEINE WAS-SERSCHLACHT GELIEFERT.

WASSER-SCHL...?

ICH GLAUBE, DA STECKT MEHR DA-HINTER...

MOMENT MAL, HERR KANEDA!

ABER SCHÖN, WENN IHR EUCH SO GUT VER-STEHT!

IHR SEID UNMÖG-LICH!

NANU...

Hm!

WAS IST DENN HIER LOS?

UND WO WAREN SIE DIE GANZE ZEIT?!

AUF DER TOILETTE.

OH, WIRKLICH?

... HABEN DIE MÄDELS SICH DAVONGESTOHLEN UND EIN BISSCHEN RADAU GEMACHT.

WIE ES AUSSIEHT...

SACHTE, FRAU YAZAKI!

WER'S GLAUBT, WIRD SELIG!!

HERR AIZAWA...

Na guuut...

IHR GEHT JETZT ZURÜCK AUF EURE ZIMMER!

UND WENN WIR ZURÜCK SIND, SCHREIBT IHR EINEN AUFSATZ DARÜBER, WAS IHR FALSCH GEMACHT HABT!

HALTEN SIE SICH DA BITTE RAUS!

FÜR DEN REST DER KLASSENFAHRT ÜBERNEHME ICH DEN NACHT-DIENST.

TAPP

GEHT KLAR!

...

140

DUMM GELAUFEN MIT DEINEM HANDY, WAS?

HH! TAPP

DAS VIDEO AUS DEM KRANKENZIM-MER WAR SO EIN MEISTER-WERK...

DASS SIE GLEICH MEIN HANDY ZER-STÖRT...

TOTAL! ICH BIN AM BODEN ZERSTÖRT.

Haaach...

WISSEN SIE NOCH, WIE SHIORI NEULICH AUFS KRAN-KENZIMMER KAM?

WELCHES VIDEO?

OH, DAS HAB ICH IHNEN JA NOCH GAR NICHT ER-ZÄHLT...

AN DEM TAG SIND WIR UNS KURZ IM GANG BEGEGNET.

SO WAR DAS ALSO...

ARGH! ICH HÄTTE DEN FAKE-ACCOUNT BEHALTEN SOLLEN, MIT DEM ICH IHR DAS VIDEO GESCHICKT HABE.

UND ICH DACHTE NOCH, IHRE KLAMOT-TEN WAREN SO DURCHEINANDER.

HM?

GIBT ES KOPIEN?

JAPP!

DAS VIDEO WAR JA AUCH EIN BISSCHEN UNANSTÄNDIG.

MUSS ICH MIR EBEN WAS NEUES AUSDENKEN.

Hff! TAPP...

Hach...

NEIN.

WER HÄTTE DENN AHNEN KÖNNEN, DASS SO ETWAS PASSIERT?

ABSCHAUM...

ぼそ MURMEL

AM ABEND ÜBERNAHM DANN YAZAKI DEN NACHT-DIENST...

UND SO GING DIE KLASSENFAHRT OHNE WEITERE VORKOMMNISSE ZU ENDE.

AM ZWEITEN TAG...

... GAB SHIORI VOR, SICH NICHT WOHLZUFÜHLEN, UND BLIEB AUF IHREM ZIMMER.

TOKYO

DANACH MACHTEN SICH ALLE AUF DEN HEIMWEG...

GUTEN ABEND.

IST NOCH WAS?

DANKE FÜR DIE GUTE ARBEIT BEI DER KLASSEN-FAHRT, FRAU YAZAKI.

... OB SIE GEMOBBT WIRD ...

UNTERWEGS HABE ICH SIE GEFRAGT ...

ICH HABE SHIORI NACH HAUSE GE-BRACHT.

MOBBING-OPFER TRAGEN NIE SELBST DIE SCHULD!

VERMUTLICH WIRD SIE SO SEHR BEDROHT, DASS SIE SICH NICHT TRAUT, WAS ZU SAGEN.

FRAU YAZAKI.

DARAUF HAT SIE NUR GEANT-WORTET, DASS SIE SELBST AN ALLEM SCHULD SEI.

WIE EMOTIO-NAL SIE IMMER WERDEN, WENN ES UM SHIORI GEHT.

SIE WISSEN BESCHEID.

DACHTE ICH'S MIR DOCH...

HAT DAS VIELLEICHT MIT SHIORIS VATER ZU TUN?

SO IST ES!

ICH BIN MIT IHM ZUSAMMEN!

DAS IST NICHT NUR EINE AFFÄRE!

EINE AFFÄRE MIT DEM VATER EINER SCHÜLERIN.

SO BEDAUERLICH DAS AUCH SEIN MAG, ER HAT EINFACH KEINE GEFÜHLE MEHR FÜR SEINE FRAU.

WIR LIEBEN UNS!

DAS HABEN SIE SICH JA SCHÖN AUS-GEMALT, MIT DER MUTTER-SCHAFT.

...

UND HABEN SIE SHIORI AUCH MAL GEFRAGT?

WAS SIE NICHT SAGEN!

SIE HABEN DAS ALSO BE-SCHLOS-SEN, JA?

UND...

DAS LASSE ICH MIR NICHT VON JEMAN-DEM SAGEN, DER MOBBING DULDET!

WAS...?

ICH HABE NOCH ZU TUN.

FKTAPP!!

... ICH GLAUBE AUCH NICHT, DASS ER SIE WIRKLICH LIEBT, WISSEN SIE?

151

152

WO IST MEIN BIER?

ICH HOL DIR EINS!

ENT-SCHULDI-GE...

ZUCK

AH, TAT DAS GUT!

GLPP

GLPP

GLPP

... RUFT SIE UM DIE ZEIT NOCH AN?

WOHER HAT DIE DENN DEINE HANDY-NUMMER? WIESO...

DAS WAR DOCH SHIORIS AG-LEITERIN, ODER?

SAG MAL, DER ANRUF GERADE EBEN...

DU, DIE BEI DER ERZIEHUNG UNSERER TOCHTER AUF GANZER LINIE VERSAGT?!

UNTER- STELLST DU MIR ETWA, DASS ICH FREMDGE- HE?

SHIT!

...

ABER...

WAS ZUR HÖLLE STIMMT EIGENTLICH NICHT IN DEI- NEM KOPF?!

DU WOLLTEST SOGAR, DASS SIE AUF DIE KLASSENFAHRT VERZICHTET, UM ZU BÜF- FELN!

154

ICH WILL DOCH NUR...

... DASS SIE GUTE NOTEN SCHREIBT, WEIL DU DICH DANN FREUST.

JA...

WASCH DIR DEIN GESICHT!

GENUG JETZT!

WIE KÖNNTE ICH DENN ...

... JEMALS EINE ANDERE LIEBEN ALS DICH?

TUT MIR LEID, DASS ICH GEFRAGT HABE!

FEIX

KAPITEL 10
»ÜBERWACHUNG«

JA, DIE DENKT IMMER NUR AN SICH SELBST.

DIESE SHIORI...

... VERBREITET ODER NICHT... DU BIST UND BLEIBST UNVERBESSERLICH, SHIORI.

OB SICH DAS VIDEO NUN...

VON WEGEN! MIT SO EINER EGOISTISCHEN KUH...

BESTE FREUNDIN?

ガタン
KLANK
ゴトン
KLONK

ガタン
KLANK
ゴトン
KLONK

ガタ
KLANK
タン
KLONK

... WILL ICH UMS VERRE- CKEN NICHT BEFREUNDET SEIN!

ICH WEISS INZWISCHEN, DASS NAGUMO DAS VIDEO GEMACHT HAT...

...

UND DASS SIE DAMIT NICHTS ZU TUN HATTEN!

GRPP

DAS ÄNDERT NICHTS DARAN, DASS SIE EINFACH WEGGE-SCHAUT HABEN...

NAGUMO UND DIE ANDEREN HABEN...

VNN

... WEIL SIE KONFLIKTEN LIEBER AUS DEM WEG GEHEN!!

HALLO?

JA, SORRY.

DAD.

ICH...

FWPP

BIST DU MIT FREUNDEN UNTERWEGS?

... WENN DU SO SPÄT NOCH NICHT ZU HAUSE BIST!

WIR MACHEN UNS SORGEN...

ICH...

... BIN AUF DEINER SEITE.

IMMER WENN ER LÜGT, LÄCHELT ER.

... ICH HÄTTE GERADE SEIN GESICHT GE-SEHEN.

ICH WÜNSCHTE...

ICH DANKE AUCH.

VIELEN DANK.

AM MONTAG WIRD DIE ERFOLGREICHSTE FILIALE BEKANNT GEGEBEN.

ENDLICH IST ES SO WEIT...

ICH WERDE SICHER BALD IN DIE HAUPTFILIALE VERSETZT!

WIR HABEN ALLE UNSERE QUOTEN ERREICHT.

UND ICH HABE AM MEISTEN DAZU BEIGETRAGEN.

DAD!

DU VERBRINGST HEUTE ZUM ERSTEN MAL SEIT LANGEM ZEIT NUR MIT DEINER TOCHTER...

LASS DIE ARBEIT HEUTE MAL LINKS LIEGEN!

MACH DICH LOCKER!

SHIORI.

DAS WÜRDE EIN GUTER VATER AUCH TUN.

UND? WIE WAR DIE KLASSEN-FAHRT?

171

MANCHMAL BIST DU ECHT TOLLPATSCHIG!

HAST DU VERGESSEN, DEINE KAMERA AUFZULADEN?

Ha-ha!

HANDYS WAREN AUCH VERBOTEN, WAS?

...

WEISST DU, DAD...

IN WIRK-LICHKEIT LÄUFT'S BEI MIR GERADE NICHT SO GUT IN DER SCHULE.

WEIL ICH NICHT WOLLTE, DASS SICH MEINE ELTERN SORGEN MACHEN.

BIS JETZT HABE ICH MIR NIE WAS ANMERKEN LASSEN...

DESWEGEN WAR AUCH DIE KLASSENFAHRT ECHT BLÖD.

EIN PAAR HABEN MICH AUSGE-SCHLOSSEN.

IST NICHT LEICHT GERADE.

IN WAHRHEIT...

DAD, ICH...

... WERDE ICH GEMOBBT!

NEID, HM?

Ahh...

DU BIST SÜSS UND HAST WAS IM KOPF.

IST DOCH KLAR, DASS DIE NEIDISCH AUF DICH SIND, SO PERFEKT WIE DU BIST.

HM...?

ABER MIT SOLCHEM ABSCHAUM MUSST DU DICH NICHT AB- GEBEN, HÖRST DU?

AUSSER- DEM...

UND DA WIRST DU VIELE FREUNDE FIN- DEN, DIE MIT DIR AUF EINEM LEVEL SIND!

NÄCHSTES JAHR GEHST DU AUF EINE RENOMMIER- TE PRIVAT- SCHULE...

W...WAS
ZUM...?!

シュック
SCHOCK

ÄH... OKAY.

Ha-ha!

ICH MUSS KURZ FÜR KLEINE JUNGS.

E...ENT-SCHULDI-GE...

KLANK

ガッ ガッ

WAS MACHT DIE DENN HIER?!

...

UND ICH GLAUBE AUCH NICHT, DASS ER SIE WIRKLICH LIEBT...

ドッ

KAPOMM

ICH HAB ZIGMAL VER-SUCHT, DICH ZU ERREICHEN! ICH MACHE MIR SORGEN.

WAS ZUR HÖLLE SOLL DAS WERDEN?!

ICH BIN DIR GEFOLGT...

SEIT DU DEIN ZUHAUSE VERLASSEN HAST.

MEIN ZUHAUSE?!

...

ICH HAB EUCH BEIDE BEOBACHTET.

EIN HERZERWÄRMENDER ANBLICK...

DIE HAT SIE DOCH NICHT ALLE!

VOLL DIE STALKERIN!

... HAB ICH NULL GE- RECHNET!

MEINE TOCHTER WARTET AUF MICH.

OKAY, ABER GEHST DU JETZT BITTE ERST MAL WIEDER?

DAMIT...

FUCK...

ICH LIEBE DICH, SHINJI!

SHIT... ICH DACHTE, ICH HÄTTE SIE UNTER KONTROLLE!

HÄTTE NIE GEDACHT, DASS SIE SO WAS MACHT...

...

ICH WAR NICHT EINE SEKUNDE LANG...

... VERLIEBT.

SCHON GUT.

SORRY, DASS ICH ANGERUFEN HABE.

...

GEHT'S DIR GUT? DA SIND 'NE MENGE GERÜCHTE ÜBER DICH IM UMLAUF...

ZUM BEISPIEL DASS DU NAKUMOS HANDY GEKLAUT UND GESCHROTTET HAST.

TUT MIR LEID.

AUSSERDEM HAB ICH SEIT EIN PAAR TAGEN DAS GEFÜHL, DASS DU MIR AUS DEM WEG GEHST.

ES WÄRE MIR LIEBER, WENN WIR...

... AB JETZT NICHTS MEHR MITEINAN-DER ZU TUN HÄTTEN.

WAS IST PAS-SIERT?

...

AUCH NICHT IN DER SCHULE.

WENN DU MAGST ...

... KANNST DU MIR ALLES ERZÄHLEN.

WIE BITTE?

HÄ...?

ICH BIN SELBST SCHULD.

DAS HAT MIT HÄNSELN NICHTS MEHR ZU TUN...

DER GRUND, WARUM ICH GEMOBBT WERDE, IST...

... ABER DEM IST WOHL NICHT SO.

ICH HÄTTE GERN GEGLAUBT, DASS ICH NICHTS DAMIT ZU TUN HABE...

NIEMAND HÄLT MEHR ZU MIR.

WEDER YUMI, DIE MEINE BESTE FREUNDIN WAR...

... NOCH DIE MÄDELS AUS DER BASKET-BALL-AG.

DAS GLAUBST DU DOCH WOHL SELBST NICHT!!

HÖR MAL, ICH WEISS, DASS FREUNDSCHAFTEN MANCHMAL AUSEINANDERGEHEN, WENN MAN NICHT AUF DER GLEICHEN WELLENLÄNGE IST...

DAS HABE ICH SELBST AUCH SCHON ERLEBT.

... DIE GANZE SCHEISSE DURCHMACHEN MUSST, DAS IST SO WAS VON FALSCH!

ABER ZU SAGEN, DASS DU DESWEGEN...

FÜR MOBBING GIBT ES NIE EINEN GRUND!

UND DEN DARF ES AUCH NIE GEBEN!

SCHÖN WÄR'S...

... WENN WIEDER ALLES SO WÄRE, WIE'S MAL WAR!

ES WÄRE SO SCHÖN...

FREUNDE...?

WENN ICH MICH WIEDER MIT MEINEN FREUNDEN VERTRAGEN WÜRDE...

DIE, DIE DIR NICHT HELFEN?

MANAKA...

DANKE!

WAS DU MIR ERZÄHLT HAST...

DEM TRAUE ICH EHRLICH GESAGT KEIN STÜCK MEHR ÜBER DEN WEG.

EIGENT-LICH MÜSSTE SICH DEIN KLASSENLEH-RER DARUM KÜMMERN.

HERR AIZAWA...

ZU-FÄLLIG?

AUF DEM HEIMWEG VON DER KLASSEN-FAHRT IST ER MIR ZUFÄLLIG BEGEGNET.

189

ABER SELTSAM IST DAS SCHON.

JA. HAT ER BEHAUPTET.

ER BEGEGNET MIR SCHON RECHT HÄUFIG REIN ZUFÄLLIG.

...

ALLE APPS

KAMERA

KALENDER

MAIL

TELEFON

LIMO

UNTER DEINEN APPS...

IST DA EINE, DIE DU NICHT INSTALLIERT HAST?

SAG, DASS DAS NICHT WAHR IST...

HEY, ZEIGST DU MIR MAL KURZ DEIN HANDY?

LIMO
112 MB

GPS-VERFOLGUNG
65 MB

WETTER
10 MB

HM... ICH HAB NICHTS BEMERKT...

DIE APP KENNE ICH NICHT!

WARTE... WAS IST DAS? „GPS-VERFOL-GUNG“?!

WEISST DU NOCH?

ICH HAB DIR DOCH GESAGT, DASS AIZAWA MAL AN DEINEM HANDY RUMGEMACHT HAT.

VIELLEICHT HAT ER DIE APP DAMALS INSTALLIERT...

... UND SEITDEM ÜBERWACHT ER DICH...

WAS SOLL DAS HEISSEN?

WARUM SOLLTE ER DAS TUN?

DIE KAYAMA-MITTEL-SCHULE.

ぼそ
MURMEL

WAS IST DAS NUR...

... FÜR EIN MENSCH?

VIELLEICHT FINDEN WIR SO MEHR ÜBER IHN RAUS.

WIR KÖNNTEN MIT SCHÜLERN VON DER SCHULE SPRECHEN, AN DER AIZAWA DAVOR WAR.

MIT LEUTEN, DIE IN DEN MOBBINGFALL VERWICKELT WAREN.

WIE SOLLEN WIR DA AN JEMANDEN RANKOM-MEN?

DIE SIND INZWISCHEN ALLE AUF DER OBER-SCHULE...

NA JA...

ICH HAB DA SCHON EINE IDEE.

ICH...

... BIN AUF DEINER SEITE.

GUT GESCHAUSPIELERT, WENN ICH DAS SO SAGEN DARF.

カタ KLICK キッ

DER MÜLL WÄRE RAUSGEBRACHT!

WOW! ICH FREU MICH SCHON AUF SHIORIS GESICHT!

FORTSETZUNG FOLGT

REVENGE
BULLY

REVENGE
BULLY

HALT!

REVENGE BULLY ist eine japanische Serie, die originalgetreu von »hinten« nach »vorne« und von rechts nach links gelesen wird! Schlagt das Taschenbuch also »hinten« auf und blättert Seite für Seite nach »vorne« weiter! Auch die Bilder und Sprechblasen auf jeder Seite werden von rechts oben nach links unten gelesen, wie es in der Grafik gezeigt wird!

Carlsen Manga! News – jeden Monat neu per E-Mail! ▪ www.carlsenmanga.de ▪ www.carlsen.de

CARLSEN MANGA

Deutsche Ausgabe/German Edition ▪ © 2024 Carlsen Verlag GmbH, Völckersstraße 14-20, 22765 Hamburg ▪ Aus dem Japanischen von Gandalf Bartholomäus
IJIMERU AITSU GA WARUINOKA, IJIMERARETA BOKU GA WARUINOKA? Vol. 2
©2021 Chikara Kimizuka, YenHioka/SQUARE ENIX CO., LTD.
First published in Japan in 2021 by SQUARE ENIX CO., LTD.
Germantranslation rights arranged with SQUARE ENIX CO., LTD.
and CARLSEN Verlag GmbH through Tuttle-Mori Agency, Inc.
Redaktion: Anne Berling ▪ Textbearbeitung: Steffen Haubner
Produktionsmanagement: Björn Liebchen ▪ Alle deutschen Rechte
vorbehalten ▪ ISBN: 978-3-551-79800-8
Wir behalten uns die Nutzung unserer Inhalte für Text und
Data Mining im Sinne von § 44b UrhG ausdrücklich vor.

FSC
www.fsc.org
MIX
Papier | Fördert
gute Waldnutzung
FSC® C083411

Wir produzieren nachhaltig

- Klimaneutrales Produkt
- Papiere aus nachhaltigen und kontrollierten Quellen
- Hergestellt in Europa